DANTE ALIGHIERI

A DIVINA COMÉDIA
em Quadrinhos

LILLO PARRA
ALEX RODRIGUES
AL STEFANO

Principis

Esta é uma publicação Principis, selo exclusivo da Ciranda Cultural
© 2023 Ciranda Cultural Editora e Distribuidora Ltda.

Título da obra original
La Divina Commedia

Autor da obra original
Dante Alighieri

Editora
Michele de Souza Barbosa

Edição de Quadrinho
Daniel Esteves

Roteiro
Lillo Parra

Produção editorial
Ciranda Cultural

Desenho e arte-final
Alex Rodrigues

Cor
Al Stefano

Balões
Cadu Simões

Revisão
Audaci Junior

Dados Internacionais de Catalogação na Publicação (CIP) de acordo com ISBD

A411d   Alighieri, Dante.
         A Divina Comédia HQ / Dante Alighieri ; adaptado por Daniel Esteves. -
Jandira, SP : Principis, 2023.
         96 p. il. ; 15,80cm x 23,00. - (Clássicos em quadrinhos)

         ISBN: 978-65-5097-123-6

         1. Histórias em quadrinhos. 2. Espanha. 3. Aventura. 4. Sátira. 5. Mente.
6. Bom humor. I. Esteves, Daniel. . II. Título. III. Série.

2023-1689

CDD 741.5
CDU 741.5

Elaborado por Lucio Feitosa - CRB-8/8803

Índice para catálogo sistemático:
1. Histórias em quadrinhos 741.5
2. Histórias em quadrinhos 741.5

1ª edição em 2023
www.cirandacultural.com.br
Todos os direitos reservados.
Nenhuma parte desta publicação pode ser reproduzida, arquivada em sistema de busca
ou transmitida por qualquer meio, seja ele eletrônico, fotocópia, gravação ou outros, sem
prévia autorização do detentor dos direitos, e não pode circular encadernada ou encapada
de maneira distinta daquela em que foi publicada, ou sem que as mesmas condições sejam
impostas aos compradores subsequentes.

— ONDE ESTAMOS, MESTRE?

— NO PURGATÓRIO, ONDE AS ALMAS ARREPENDIDAS PURIFICAM-SE DE SEUS PECADOS.

— POR ACASO, O INFERNO MUDOU SUAS REGRAS...

— ...E PERMITEM AGORA QUE ALMAS DANADAS SUBAM AO PURGATÓRIO?

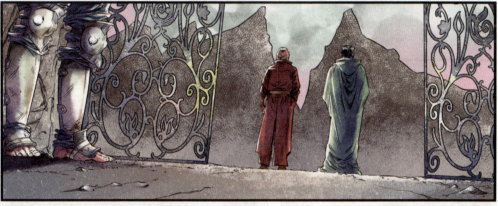

SINTO-ME CANSADO. COMO SE CARREGASSE O PESO DO MUNDO NAS COSTAS.

VOCÊ FOI TOCADO POR UM ANJO. ISSO É ALGO QUE SEMPRE DEIXA MARCAS.

CHEGAMOS!

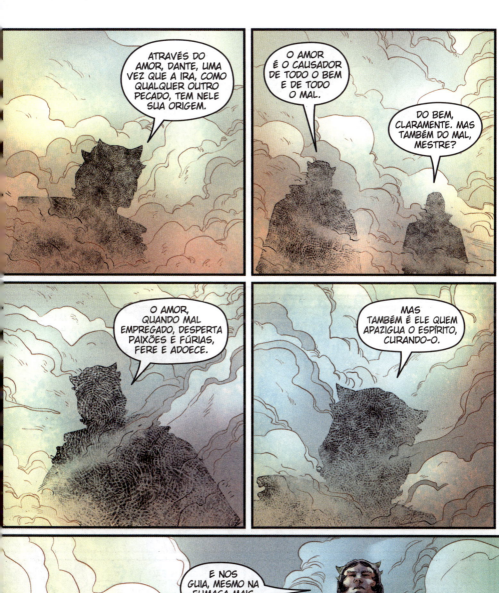

LILLO PARRA
Roteiro

Nasceu em São Paulo, capital, em 1972 e é roteirista de quadrinhos. Começou sua carreira em 2011 e entre seus principais trabalhos destacam-se: *João Verdura e o Diabo*, *Amantikir*, *O Cramulhão e o Desencarnado*, *La Dansarina* (Troféu HQMIX de Roteirista e Edição Especial Nacional), *Descobrindo um Novo Mundo* (PNLD 2020), *Sonho de uma noite de verão* (PNBE 2012) e *A tempestade* (Troféu HQMIX Adaptação para Quadrinhos). Para Principis, escreveu a adaptação de *O Corcunda de Notre Dame*.
Instagram: @lilloparra.hq

ALEX RODRIGUES
Desenho e arte-final

Paulistano, quadrinista, ilustrador e designer. Atua há mais de vinte anos como ilustrador atendendo a diversas editoras. Como quadrinista está na cena nacional desde 2007, colaborando como desenhista de vários títulos, tais como: *Fronteiras*, *Por mais um dia com Zapata*, *São Paulo dos Mortos*, *Nanquim Descartável*, *Graphic MDM*, *Orixás*, entre outras. No ano de 2019 escreveu e desenhou *CORRER*. Coautor de *Último Assalto*, quadrinho vencedor do HQMIX na categoria Publicação Independente (Edição Única).
Instagram: @alex_rodriguesart

AL STEFANO
Cor

Ilustrador e quadrinista, atua há 30 anos no mercado editorial e publicitário. Desenhou livros didáticos para FTD, Moderna, Saraiva, Abril, Ática, Paulinas e Ediouro. Em literatura infantil, ilustrou para grandes autores, como: Ruth Rocha, Walcyr Carrasco e Ivan Jaf. Nas HQs, escreveu e ilustrou: *As Aventuras Coloniais de Mineirão e Zé Bonfim*, *Salseirada*, *Piratas do Cangaço*. Também ilustrou para os quadrinhos: *O Fantasma da Ópera em São Paulo*, *Tempo Discos*, *Por mais um dia com Zapata*, *São Paulo dos Mortos*, *Orixás*, entre outros.
Instagram: @alstefano

DANIEL ESTEVES
Edição

Roteirista, editor e professor de HQs, criador do selo Zapata Edições. Escreveu: *Último Assalto*, *Sobre o tempo em que estive morta*, *Por mais um dia com Zapata*, *Fronteiras*, *KM Blues*, *São Paulo dos Mortos*, *Nanquim Descartável*, *O louco a caixa e o homem*, *A luta contra Canudos*, entre outras. Recebeu o HQMIX em 2020 de roteirista nacional.
Instagram: @zapata.edicoes